山河

青简 著

新世界出版社
NEW WORLD PRESS

图书在版编目（CIP）数据

山河 / 青简著. -- 北京：新世界出版社，2020.5
ISBN 978-7-5104-7048-6

Ⅰ. ①山… Ⅱ. ①青… Ⅲ. ①随笔－作品集－中国－当代②摄影集－中国－现代 Ⅳ. ① I267.1 ② J421.8

中国版本图书馆 CIP 数据核字 (2020) 第 033504 号

山 河

作　　者：青　简
责任编辑：丁　鼎
责任校对：宣　慧
责任印制：王宝根　苏爱玲
出版发行：新世界出版社
社　　址：北京西城区百万庄大街 24 号（100037）
发 行 部：(010) 6899 5968　(010) 6899 8705（传真）
总 编 室：(010) 6899 5424　(010) 6832 6679（传真）
http://www.nwp.cn
http://www.nwp.com.cn
版 权 部：+8610 6899 6306
版权部电子信箱：nwpcd@sina.com
印　　刷：小森印刷（北京）有限公司
经　　销：新华书店
开　　本：710mm×1000mm　1/16
字　　数：240 千字　印　张：15.25
版　　次：2020 年 5 月第 1 版　2020 年 5 月第 1 次印刷
书　　号：ISBN 978-7-5104-7048-6
定　　价：88.00 元

版权所有，侵权必究
凡购本社图书，如有缺页、倒页、脱页等印装错误，可随时退换。
客服电话：（010）6899 8638

目录

自序　　典藏中国时间　　001

第一章　江南
徽梦春浓　　004
水乡遗韵　　020
钱塘风物　　040

第二章　北国
故城回首　　056
林泉清意　　070
原野苍茫　　078
古堡峥嵘　　098

第三章　边陲
雪域云踪　　118
关外风光　　134
西域秋色　　150
彩云之南　　164

第四章　小园
花木丛中　　180
画檐深处　　194
庭院几重　　208
小窗幽记　　226

自序

○ 典藏中国时间 ○

　　子在川上，看到逝者如斯，也不过感慨一句，大约不曾想过去挽留。掬水在手，一饮而下，就此神清气爽而去环游列国了吧。在一往无前的光阴之河中，如果有人试图去收藏浪花，图像文字会是盛放这一川逝水的容器吗？我们谁也不知道，就像不知道时间的形状与颜色，甚至不知道它到底是什么。

　　我曾经不倦地在中国大地上行走，以为跨越的是距离，却终于恍然发现，自己触及的也终究是时间而已。科学家认为，我们感知到的所谓时间和空间是物质和运动的延伸。想象一下，如果世界上所有的运动都停止了，我们根据什么知道时间在流逝呢？所以说，时间不是立体的，可我为什么分明能感受到它的宽度与深度呢？

　　古堡从夕阳中逐渐隐没了面庞，为了追赶最后的余光，我笨拙凌乱的脚步，扬起粗粝砖石上的尘土。边塞的风吹低了牧草，马蹄声声掠过古遗址的黄昏，一个旅人与一个王朝擦肩而过。禅寺的早课钟声响起，初日高林，花木深深，香烟缭绕中的诵经，是否能抵达有你的彼岸。江南的梦还不愿醒来吗？桨声欸乃中，宜小酌，宜浅醉，宜向灯火阑珊的岁月深处去。小园里的日子很慢，读书、喝茶，连日影倾斜得都慢，可以花很长时间去爱上一件事，也可以只是虚度光阴……走过的路那么多，看过的风景万水千山，都只是从时间的这处到了那处，抬眼望去，还有无尽的未知之处。

　　老宅屋檐上的雨落下，你喜欢听着它入睡，点点滴滴，滴得穿石阶，滴不穿时间。很多次日出日落以后，雨变成了雪，纷纷扬扬落在大地上，河流凝固，只有冰层之下的暗流涌动，一如这仿佛静止的日子里，步履不停的岁月。冬去春来，为了等一朵花开，你愿意花多久时间？一朵花开之后呢？四季轮回中的花开花落，从不为了等一个人驻足。走得多了，不妨坐下喝一杯茶。有人说茶是时间的收藏者，一口甘苦中，有阳光雨露和时光共同酝酿出的绵长滋味。是不是人生太漫长，所以我们需要各种时日刻度去梳理？是不是人生太短暂，所以我们需要不同的节日节气去纪念？当越来越不会为一个人动心时，却越来越容易迷醉于自然流露出的每一次感动，千言万语，不过也是从光阴的浅处走到了深处，如你愿意，亦可以沉入更不可测的深渊。

时间，有时是狭隘的，狭隘到让人难以喘息；有时也是那么宽阔，能容纳无数思想，让人漫无边际地踱步。它是最薄情的，会让人措手不及；可也是最深情的，多年沉淀下来的吉光片羽，织成漫长人生中最温暖的慰藉。所以才会有人起了奢念，想要去收藏时间，就当是痴人说梦吧，有痴有梦，总好过无知无觉。

年少的时候，懵懵懂懂过日子。春去秋来，花开了不过看一眼，雨来了不过撑把伞，所有精力都浪费在为赋新词的无病呻吟里，何曾真正去感受一番天地之美。爱上拍照以后，有一句话常常爱说：在这个不那么完美的世界里，我们更需要有一双发现美的眼睛。直到时光荏苒，才逐渐觉得，已经不那么在意能不能找到想要的，发现的过程，远比美好本身重要。而这个过程，时间就是最好的见证人。那种我自岿然不动的美，是多少风云变幻所无法企及的。

在与时光的交锋中，我赢不了，也输不起。唯有握手言和，和当下在一起，进入它，享受它，离开它。时间无岸，流年似水，即便只是短暂一程，也愿与你同行。

青简

第一章

江南

徽梦春浓

每每快到了三月，我就想做一个关于徽州的梦，就好像在晴朗的天空中想望见一行飞鸟，在孤独的影子下想听见一声叹息那般自然。

也曾寻山访湖看海，途经多城，却囿于黄山脚下那片古韵隽永的墨白，痴痴地流连在光阴的皱纹里。徒步一个古村，仿佛时间深处，浮现出一首似曾相识的诗，完整得让你不得不用行走去吟咏。溪水不曾乱了韵脚，祠堂和民居和着平仄的字眼，粉墙黛瓦夹岸逶迤。捣声、水声、脚步声，声声入耳。远山、近村、油菜花，样样如画。这般风景在徽州大地，原本司空见惯，如今却也散落如星辰。

最好是在阴天，或细雨天，沿新安江顺流而行，入目皆是舒服的清淡之色，春水碧、远山蓝、层林黛、粉墙白、檐瓦黑……即便有菜花黄，也并不热闹，只在青绿山水般的底色上，安安静静地明灭。晨雾或暮色中，褪色的旧卷里，我与春风都是过客，穿过菜花摇曳的指间，岁月凝住的那一帧，无端缱绻了心头一片温柔。

如果新安山水是写意大手笔，那么徽派民居就是细腻工笔画。如果马头墙错落有致是诗词，那么木、石、砖雕刻精美，就是小说。坐北朝南，倚山面水，面阔三间，四水归堂，这些深宅大院从不缺少故事，一个背影、一声咳嗽都能牵出一段传奇。传统徽州老屋的窗总是很小，小得有如徽州人谨小慎微的言行。天井却是很深，深得好像徽州人海阔天空的心胸。"前世不修，生在徽州，十二三岁，往外一丢"，太多的脚步曾经从这里迈出，有些消散在途中，有些却响彻了天地，可是老屋知道，他们最终还是会回到这里，缓慢而蹒跚地去踏过青石板上最后的岁月。

徽州真是一个无比神奇的地方，在这块群山怀抱的贫瘠之地，不仅出现过富甲一方、称雄商界数百年的徽州商帮，而且创造了灿烂辉煌、博大精深的徽州文化。历史上的"徽州"先后经历了会稽郡、鄣郡、丹阳郡、新都郡、新安郡、新宁郡、歙州、徽州、徽州路、兴安府、徽州府……不仅一再易名，而且到了近几十年，甚至早已被肢解，如今的皖南、赣北、浙西都属于曾经的徽州。地域虽然被分割，文化与精神却传承不灭，虽然渐行渐远，却依旧忽隐忽现。

我的祖籍是安徽，虽然从祖父辈就不再生活在这片土地上，可身为现代都市人，都有一个理想中的家园，它立在黄昏中的身影让人着迷。对于今天的我们来说，徽州或许就是这样一个完美的故乡，它以大地为肌肤，以清流为血脉，以村落为骨肉，以历史为灵魂，书写出一种朴素、明朗、大气而具有人情味的生命。每年第一株菜花绽开的嫩黄，总能让我无论身在何方，都想迫不及待地回到那片古老的土地上，那里是我永远的乡愁。

汤显祖的"一生痴绝处，无梦到徽州"固然不是赞誉，但是从他的诗句"新安山水峻沦漪，白岳如君亦自奇"来看，徽州从来是他向往的，之所以"无梦到徽州"，仅是因为不愿以卖文鬻字去玷污这片山水吧。若无生计所迫，他大概也乐意和我一样，去徽州看一场花事，等一场烟雨，直到梦里长出青苔。

沿新安江而行,
如行山水画中。

一畦菜花，一行烟柳，
一叶扁舟。

︿
清明时节,
上坟的人们看尽了生之盎然,死之凄凉。

﹀
老宅与新花,
是这个春天最和谐的注脚。

春天从来不管晴雨,
年年携着鹅黄嫩绿而来。

如今的关麓村前,
这片菜花已经消失。

似乎春色最宜江南,江南最宜菜花。

水乡遗韵

我写过一本关于水乡的书,在书里写了那些沿着水路开枝散叶一般成长起来的小镇村落。一次又一次地走过,不管它们变成什么模样,与其说为了写书,不如说是为了我永远的水乡情结。

依稀还是古老的岁月,当先民们还没有来得及用双脚走出一条通衢之道的时候,却早就已经有更古老的水来为我们开道,那时的河就是今天的路。你只要有一艘船,就能乘着它出高山、过峡谷、越平原、入大海……这一定是一段传奇般的旅程,可即便只是在江南平原,波澜不惊地随意洒出的一颗颗水珠,落在岸边就能长出一处处繁华。而我,愿意把它们叫作水乡——水的故乡。

一个水乡的故事,该以怎样的话题开头呢?是小巷尽头,洋铁炉子中燃好柴爿,烟火气苏醒在现世安稳的早晨?是格子窗里,午后阳光洒在木质楼梯上,隐约的脚步惊起轻尘乱舞?还是河湾阔处,船娘唱累了江南小调,一任桨声漫催斜阳归去?我与水乡,就像神交已久的故友,每次相遇总是匆匆一瞥,擦肩而过。或许有一天我们可以坐下来好好聊聊,关于花开,关于叶落,关于流水中的光阴,关于粉墙里的故事……可真要到了那个时候,会不会又是相对无言,唯有沉默?

暮春是绣在她衣襟上的一朵蔷薇,被市河流水洗了千百遍,虽然泛出些光阴的痕迹,却依稀还能看到颜色与针脚里的生动细节。天色是淡淡的阴,却忍着没有落下雨来,沿岸柳色是介于新绿与浓绿中的渐变,倒映在河中,又被洗衣人的动静摇碎,水波再把浮光片影糅合起来,就是一种悠悠往事的迷离颜色。过了春又过了夏,那是早秋,或者初冬,太阳明朗却不张扬,一如她皓腕上的玉镯,经历过日子的长久滋养,就不再着急显露光泽，只是把镇上的风物打磨得莹润分明，温柔地笼着这个小镇的每一种情绪。

春风一度，草木一秋，日子这么容易过去，小镇却不容易老。镇上的商家越开越多，简直恨不得把时光都摆上展柜供人们玩赏。毕竟这里最值得贩卖的大概就是大把的时间了，随便装进哪个客栈与茶馆，就成了时髦的慢生活。或许每颗文艺病的心都想被陈列在一家小镇的店铺里，有木头门板、竹编篓子和总是在打瞌睡的猫。但真正能陪小镇一起慢慢老去的，只有从小就住在这里的人吧，能忍受潮湿多雨的江南、阴暗狭窄的老屋、漫长而无边的寂寞。

人人尽说江南好，游人只合江南老。每个中国人心中都有一个属于他自己的水乡小镇，为什么独爱江南？中国的文人始终在入世与出世中辗转徘徊，而终于找到"诗意的生活"这个解脱之道，江南水乡或许正是实现这种理想的最佳载体。镇上周边里有他大部分的至亲好友，有他日复一日相同的生活，甚至有他失意时可"小隐"或"大隐"的山林和市集，也难怪可以"父母在，不远游，游必有方"了。即使在七月哪个燥热的夜晚，从某个响着驿路驼铃的梦中惊醒，抬头望见窗外静谧夜色中的水光灯影，再看看身边妻子的酣恬睡态，心底里再汹涌盲目的不安和骚动，最后也还是化作为这个小镇人口增长而做的努力吧。

如果爱一株花，不必移来自家园子日日相对，那么爱一个地方，也不一定要在那里住上一辈子。不善于表白的我，试图用冰冷的机器，去写下拍下一些有温度的文字与照片，这或是我能给水乡的所有爱意了，它若能知道，也是但笑不语吧。

桥在这里,
桥下洗衣的人不知又换了多少。

煤球炉的烟雾里,
升起一个水乡的晨。

鸟声里的江南,
有云朵和蓝天。

老茶馆的窗前,
宜闲聊,宜发呆,宜看风景。

我在桥上,
等今早第一艘船摇过。

江南,
粉墙黛瓦是你不变的容颜。

日复一日，走过古镇晨曦。

︿
初秋的朝阳里,
河面弥漫起轻雾。

﹀
一个个河埠头是这个小镇有趣的顿号。

︿
阳光下,
楼宅温和而静默。

︿
没有灯火辉煌,
才是真正的水乡之夜。

钱塘风物

　　钱塘好，春日梦三台。也织芳菲为锦绣，更铺云水作衣裁，妆罢待谁来。

　　大概清明之前的一周内，从浴鹄湾到三台梦迹，再到乌龟潭，这一路行过，每个排比句都被赋予属于自己的颜色，山桃粉，樱花白，新柳绿，海棠红……满纸斑斓读出来就是活的字眼，闪耀着，奔跑着，雀跃着，仿佛没有退路一般，生怕别人看不到。它用尽全力去怒放的生命，溪流、沼泽、湿地、小岛、山林、亭台穿插呼应，像是一个过于丰美的故事，开头总有点乱，需要一场春雨，来慢慢冷静梳理。

　　除了第一次懵懂相遇，每回总是来去匆匆。有值班后偷闲两日，熬着通宵也要来看你，还有宿醉后第二天，挣扎着早起去拍你。再后来，有朋友在此地的寺庙做了极雅的茶书院，多了来三台山的理由，却再也没有去过，是怕了吗？怕纷扰太多，再也不能把全力的爱给春天了吧。

　　钱塘好，雨后碧山深。千树烟云千笔画，九弯溪水九张琴，宜作梦中吟。

　　张岱有记："九溪在烟霞岭西，龙井山南。其水屈曲洄环，九折而出，故称九溪。"九溪有山，山不高却延绵，坡上茶园散落，杂以花树，春日里想必很热闹，此时只有深深浅浅的绿，但绿得有层次，缀着鸟鸣虫声，也不显得寂寞。九溪有水，水不急却清澈，只清清浅浅地曲折蜿蜒。最妙的是沿途有九处溪水漫过路面，要走汀步而过，天热的时候，也可以蹚水嬉戏，于是这水便是可亲可近了。

　　最早一次去九溪，还是高中毕业前，以后的多次有失望也有惊喜，却找不到了，那个夏天，就像一朵云走过的时候，遮住了风。谁欠我一树蝉鸣和回不去的旧时光。太阳底下，有什么故事要说，一律都是青色的。如果夜色太满，这里没有害着空调病的人，便只有星星和星星的梦话。

钱塘好，满陇自清幽。砌下天香因露聚，山中岩桂为云留，谁写一枝秋。

"满觉陇"三个字，在齿颊间是有滋味的，那是桂花的味道。每到秋来沁人肺腑自不用说，可再浓郁的香气，隔了年总觉得模糊。许多次路过，最清楚记得的，还是多年前随友人去探访烟霞三洞，洞内壁上有石窟造像，生动流畅，为五代时期雕凿的罗汉，据说还是目前发现的最早期的十六罗汉像。洞口两侧为宋代雕刻的观音与大势至菩萨。这些都只是听他说，我那时一知半解，只觉得在洞里喂蚊子，远不如在桂花下喝茶来得惬意。

直到有一年，偶尔看见桂树间升起的月亮，清冷明白，像是告别说完后仍不忍心落下的句号，却被风偷偷咬了口，想必味道也同桂花般香甜。今夜，往事凝成露珠，用白玉盘子盛着，小心翼翼捧到你面前，一个转身，碎了满地。

钱塘好，风景四时多。春日寻芳秋赏月，冬来飞雪夏观荷，湖上有清歌。

晴西湖不如雨西湖，雨西湖不如雪西湖。湖上风物固然四时有序，草木清嘉，但能在雪中赏湖从来是我的一个执念。只记得那一年，前夜一场雪，赶早班火车，越过昏昏未醒的江南大地，可对于周末的湖山来说，还是太迟了些。

一枚小舟，还差毳衣与炉火，依旧奢望这样的风景："雾凇沆砀，天与云、与山、与水，上下一白。湖上影子，惟长堤一痕、湖心亭一点、与余舟一芥、舟中人两三粒而已。"现实与想象，大概也就差了断桥桥头几百个游客的摩肩接踵吧。虽然远山斑驳地染白了头，花叶苏醒在薄雪之下，云幕低垂，轻寒未退，却不能近玩，只得远观。幸而上得半山，尚能远眺湖山氤氲，中见桥横玉带，近观林树葱茏，加之雪霁天清，木叶未凋，此情此景还是值得一曲长歌。只是初见即别离，纵是长歌，也应长歌当哭吧。

九溪的水,
是听不够的琴音。

苏堤的柳,
有看不完的烟云。

曙光把西湖染成了梦幻色调。

住在湖畔,
怎么能错过每一个清晨。

比晨光醒得更早的
是船家和水鸟。

开在三台山溪边的海棠,
也比别处自在些。

一面湖,一片林,一只鸟,
一个春天。

第二章

北

国

故城回首

城,从土从成。从土,意指由土筑就。从成,是声旁,也是形旁,为斧钺一类兵器的象形,借指守护、保卫。走过北方大地,我遇见不同的城,也见识到它们守卫的不同,或是恢宏,或是苍凉,或是平凡。

城,可以是长城。雁门关似乎天生就是为战争而生。戈与矛的碰撞,迸溅出如今日夕阳般的鲜红,战火与血,雁门关不相信眼泪。关外群山如海,淹没一个王朝,也随后诞生了另一个王朝。关上始终刮着凛冽的北风,有些故事还没来得及说出口,就吞没了所有的雄壮和寂寞。

雁门山还是那座矗立千年的山,雁门关却已经不再是当年的雄关。但没有关系,长城像一个沧桑老者,顺着雁门山的脊梁一路抚摸过去。抹去历史,露出了古道、雉堞、垛口、敌楼和烽火台。我与附在你肌肤上的一草一木、一尘一土同样为你动容,冰冷坚硬的城砖,即使不复古旧,透过掌心,仍能隐约感到一丝脉动。不知道尘世间的暖意能否穿越千年的凉薄,传递给那些不灭的名字:李牧、李广、李左车、牵招、薛仁贵、李克用、杨家将……他们的灵魂是划过雁门关上空的最耀眼的星辰。披着月光,这座城缄默着,它守卫的是一个国家的荣辱。

城,可以是方城。方城明楼是明清帝陵坟丘前的城楼式建筑,下部用砖石砌筑成的方形墩台,称为"方城",上部重檐歇山式的碑楼,为"明楼"。生来死往,人之常情。平常人去世,一抔黄土,一块石碑,那叫墓。帝王贵胄可不同,他们以山为穴,以宫为墓,那叫陵。方城便是这帝陵之上最恢宏醒目之所在,曾经不可妄想的禁地,如今让人远远望见,也不过是起了一些怀古的幽思。

东陵、西陵、福陵、昭陵、永陵……也算走过几乎所有的清帝陵,一个王朝旧梦,在沉寂的古建筑群中,被尘封二百余年。一座座大红门、碑亭、明楼方城……跨越近乎两个半世纪,默立于与这个朝代相始终的"龙凤"归宿地上,怎奈,一块风水宝地能担起多少个春秋?且不论物是人非,在定陵前我竟与一群羊不期而遇,赶羊的老大爷是附近村民。昔日守陵者,今为牧羊人。羊群低头啃着地上青草,偶尔也走上神道茫然地抬起头,望着它们不懂的世界。身为帝王都会有"卧榻之侧,岂容他人鼾睡"的毛病,若是看到此情此景,又当作何想呢?这座城思考着,它守卫的是一个逝者的尊严。

城,也可以就是一座普通的城。府谷仿佛是从山崖上长出来的城,黄河从脚下流过,拐了一个弯,绕城而过,站在老城墙上眺望,自古黄河向东流,可在此地却是向西流。用王之涣的"黄河远上白云间,一片孤城万仞山"这两句来形容府州老城最贴切不过了。然而纵有边墙似铁,危峰万仞,这个北国最古老石头城的鼓角争鸣,依旧湮灭在滔滔流水中,只留下默默无名的小城府谷。

但它还好好地活着,不是活在古老的城墙、钟楼、文庙、荣河书院、文星阁、城隍庙的一砖一瓦中,也不是活在那些残缺石刻石碑的字眼里,更不是活在如泣如诉、如画如诗的往事中。它是活在喂小狗一起吃饭的大叔的笑容里,活在跟着爷爷一起去放风筝的孩子的欢呼声中,活在最平凡的早晨、最温暖的微光里。这座城努力着,它守卫的是一种生活的延续。

无论哪座城,我都会爬上去,用手感触它的厚重,用心去倾听它的远古。一脚走入历史,一脚踏进现实。故城,不将只是孤城和古城,它更是一座永恒之城。

‹
清东陵一角，
羊与碑亭同沐于天光下。

⌃
定陵之前，
昔日守陵者，今为牧羊人。

与岁月一起并行的背影。

石狮子们,
默默守着这个帝王长眠之地。

日出时分，
是府谷古城最迷人的一刻。

你是城墙上长出的猫咪吗?

˄
雁门关外,
苍山如海。

˃
延绵的烽火台,
看惯了岁月风尘。

林泉清意

有些字眼，分开看很普通；若是放在一起，就有奇迹般的意义，包蕴万千，延绵不绝。"林泉"便是如此。当两种自然界最普通的事物在纸上相遇时，"林"已经不再是普通的林木，"泉"也不再是寻常的泉水，"林泉"成就了千古文人的精神乐土。

只要提起山水自然，便让人不禁想起"归隐"二字。儒家"尽善尽美"的理想要求人格在修养时要达成仪度和品格的统一，所谓"文质彬彬，然后君子"。将山水比拟君子之德，造就了山水在中国人心目中的迥然地位。当"志于道"的文人士大夫面临仕与隐的抉择时，林泉便成了不二之选。道家崇尚自然之美，"原天地之美，达万物之理"。自然界的素朴天然，需要通过精神上的纯净，达到忘我，在与万物的齐一中去感受天地之美，林泉自然也成了理想的居所，却往往可望而不可即。

郭熙在《林泉高致》中也说道："君子之所以爱夫山水者，其旨安在？丘园养素，所常处也；泉石啸傲，所常乐也；渔樵隐逸，所常适也；猿鹤飞鸣，所常亲也。尘嚣缰锁，此人情所常厌也；烟霞仙圣，此人情所常愿而不得见也。"只因出世入世，殊难两全，只能寄情于丹青，"然则林泉之志，烟霞之侣，梦寐在焉，耳目断绝，今得妙手，郁然出之，不下堂筵，坐穷泉壑，猿声鸟啼，依约在耳，山光水色，滉漾夺目，斯岂不快人意，实获我心哉！"

总以为完美的山水只是在诗画或是想象里，退一步或是在由理想而筑就的园林中，直到在北国的群山中，竟邂逅了梦里林泉。一木成本，万流为溪，本溪的秋大约就是最接近林泉的自然。这里的山并不高峻，却以幽胜；水也不深急，却以韵致。纵是自然造化，也让人可亲可近。待秋来，几番霜后，石岩苔碧，散布空谷落叶，溪涧流红，染尽叠嶂层林。伴以鸟鸣泉咽，林啸风吟，行于其中，无端让人起了隐逸之思。纵然不能筑一屋相伴，以度余年，便化作《秋山行旅图》中一枚小小行脚游人，也知足了。

转念再想，隐逸到底是一件奢侈的事——既是经济上的奢侈，也是精神上的。自古以来，多少隐者为世间传颂，成为千古绝唱。这一切，也许并不在于隐逸，不在于林泉，而源于他们拥有一颗赤诚的心灵，来照见这个无边复杂的世界。纵是命运坎坷，亦从未忘记自己的初衷，仍旧坦然地面对人生的种种苦难磨炼，一如许由、巢父、竹林七贤、陶渊明、林逋……就连旷达乐观的苏轼都曾感叹："几时归去，做个闲人，对一张琴，一壶酒，一溪云。"但他永远无法真正做个闲人，即便遭遇贬谪，身处逆境，亦是心系天下苍生，忧国忧民。无法真正放下的种种羁绊，是高贵人格所必须担负起的责任，也是隐者入世出世的一道道门槛。

绝大部分如你我这样的凡人，终其一生，大概也不会有隐于山林的机会了吧。唯愿在这尘世间行走的你我，心中仍旧能拥有一片林泉可栖。而后，或许会有一日，忘记历经的离合，忘记尝过的悲欢，忘记这世间曾有过花满春溪、叶落秋山的存在。林泉不只是山水，也不是园墅，不需要有多大的天地才能去享受——林泉有的时候就是一种随性和天真。

洋湖沟的傍晚，溯溪而行，沿岸红叶缤纷。

老边沟里，落叶的静，
衬托出流水的动。

大石湖的水移步换景,让人永远看不够。

浦石河秋色正浓,却是养在深闺人未识。

原野苍茫

每当盛夏，我总想去草原。一年中最炽热的日子里，风只有在无垠的原野上才能畅快地跑起，赶着雨水，赶着云朵，用雷声打个招呼就走。它行踪飘忽，来得快，去得也快，连草原上最骏猛的马也追不上。阵雨过后，不妨去骑马，如果跨过了一片湖还不够，可以再翻一座山。如果翻过了一座山还不惬意，可以再越一座城。直到你最终相信，无论走到哪里，哪里的天空都是这么澄蓝，哪里的草色都是这么新绿。

如果你累了，你胯下的马也累了，就地躺下吧，这时你才会看见无尽绿色之中，也有到处缤纷飞舞的野花。其中也许有一种"花色金黄，七瓣环绕其心，一茎数朵，若莲而小，六月盛开，一望遍地，金色灿然"——是的，这片是八百里金莲川草原，一个令欧亚大陆颤抖的帝国之都就蛰伏在这片草原上。

如此寂寞的草原，却自金朝历代皇帝开始，就把这里作为夏"捺钵"的避暑胜地，直到一位健壮剽悍的蒙古族青年将领身披铠甲，凝神望着远方。蓝天高远，白云惨淡，成群的鸟儿亮开羽翅，低飞高翔，发出声声不绝的嘶鸣。它们可知不久后这里将建起金莲川幕府，三年后，一座气宇恢宏的城郭正式落成，忽必烈将新城命名为"开平府"。当他荣登元朝皇帝之位后，遂将开平府作为皇都，在这里执政了四年。此后，他决定将皇都迁至燕京，即元大都，并定名原开平府为元上都。自此在两都巡幸制度下，元朝皇帝的车队，曾频频惊醒过这片草原上沉睡的每一只候鸟。

若是错过了夏,乌兰布统的秋会给你意想不到的补偿。淡金色的风,把天空和云彩分开,把山村和河流分开,把白天和黑夜分开。昨夜有冷静得近乎凝固的长梦,醒来恍惚以为是另一个春天。北方的秋恨不得把最绚烂的颜色一股脑地捧给你看:一树树的金黄火红如手掌般伸展,上面是季节刻画的纹理,需要经过水落石出的消磨才能读懂。此时的秋天,有摸得到的丰饶,牧草从原野上立起身子,看夕阳低到脚边,一片绯色的云停在山顶,古老的字句隐没在这片大地的沉默中。

然而宁静原野的深处,依然是不宁静的往事。公元1690年,清康熙帝率二十万大军,在乌兰布统峰下,与蒙古残部准噶尔汗国之王、厄鲁特人首领噶尔丹决战。噶尔丹军依山傍水,隔河据高岸,"缚驼结阵以待"。清军以猛烈炮火轰击驼阵,激战半日,驼阵终被轰开,血流成河。国舅佟国纲以身殉国,将士之血染红了湖水,从此该湖被称为"将军泡子"。蒙语中"乌兰布统"意为红色的坛形山,"布统"又为"雾霭"之意,大战平息,湖上红色的雾霭数日不散,红峰若隐若现,遂得名"乌兰布统"。若是细细寻访山上当年的"十二连营"旧址,仍可捡到锈迹斑斑的箭头……

无论是古都城,还是古战场,原野从来不管人间的兴衰成败。不管有多少的骨血埋进它的胸膛,它仍然年年荣枯依旧。春风过处,有高山大河的呼吸,也有尘土树叶的低语,却没有一个能听懂的人。

我想有一匹骏马,
骑着它就能穿越草原去看你。

昔日元朝皇帝巡幸的草原，
如今只有风景如画。

凌晨时分的乌兰布统草原,
透风沟名副其实地透心凉。

牧归的牛群走过草原的傍晚,
也走进你的镜头。

◁
山梁、溪流、沟坡、桦林、灌木和田地的组合，
入秋时节便五彩纷呈。

△
秋天的草原，
灌木因为结了霜华而闪着微光。

在最后的余晖中,
喝饱了水就该回家了。

逆光里羊群和牧羊人的轮廓,
格外迷人。

没在群山之后的太阳,
以最后的耶稣光告别天地。

古堡峥嵘

  我曾经走过盛夏的鸡鸣驿，逆光透过西边城楼，像一盏点了橘色的灯。城池的轮廓映落在大山的背景上，格外明亮柔和。鸟群从远方盘旋归来，炽热的暑气在黑暗处无声枯萎，画面之外应有马铃声，身穿邮服、腰挂"火印木牌"的驿卒，带着关外的尘土与文书，一骑伴着夕阳而来。

  我也在秋天爬上过永泰古堡的城墙，看着脚下夯土门洞吞吐着牧归的羊群，如潮汐般汹涌。整个古城，山与平原，牧羊人和羊，都笼在了一种懒洋洋的金色余晖中，温暖而安心。曾经与未来，都不再值得深究，这里只有当下就够了。

  但还是不够，在北方乏雪的冬季，我去寻找长城脚下的另一个奇迹——蔚县古堡散落在燕云大地上，是苍老面庞上的痣，丝毫不影响它的美，更让人忍不住去抚摸。没有痣与皱纹的肌肤，不赋予想象，这样的地方也不是我的爱。我爱一切生动的瑕疵、美丽的残缺、倔强的迟暮和有温度的苍凉往事。所以当西古堡沦为景点，打树花也搬进了剧场，我要尝试走进更多被人遗忘的故事。

  抵达西大坪堡的那个傍晚，风和日丽，原以为等待我们的无非是个波澜不惊的日落。不想正拍着照，一股狂风便席卷着烟尘而来，带着金戈铁马般的凛冽，不知何时而止。这个明代初年就身居在土崖高处的军堡，雄浑巍峨的轮廓都模糊在了风沙里。人几乎站不住，无奈只能躲进车中。待风声呼啸平息后，夕阳依旧静静地悬在辽远的地平线上，古堡镀着最后的光芒，显出赭红色和土黄色的沉默，一切都平静得仿佛没发生过。太阳照常落下,至于刚刚路过的大风,它好像只是要告诉我们一些听不懂的峥嵘岁月吧。

那次出行,唯一真正晴好的天气,是在越过太行山余脉后——阳光把一览无余的阳原捧到我们眼前。走进开阳堡,一列高大的土墙耸立在眼前,尽管它面目混沌,但看得出是经历了时光的蹂躏。高峻的夯土城墙被剥蚀得如同天然的土山,参差斑驳。时间用最无情的双手已经在庞大建筑上留下了最深的刻痕。这一座千年古堡,如同北方大地上的边塞诗,铿锵中带着悲壮,只是吟唱至今,曲调犹在,词句却大多散佚在风中。如果打开尘封的史卷,是怎样的繁华才能成就这样一座瑰丽的城池?

两千多年前,这里曾是战国时期赵国代郡之安阳邑,赵武灵王长子赵章安阳君的封地。赵章被废太子后,因叛乱而被杀,开阳堡却抛下了这个历史的淘汰者,在唐代走向兴盛。商铺官衙邻接,人声佛号相闻,在玉皇阁上斟一盏当时的月光,倒映出玲珑檐角和沉稳斗拱。来,饮尽这一杯,致你无法想象的落寞今日。终于走到了这一步,经卷和钟声之外,流年在时间的尽头风化成沙,把所有曾历历在目的往日淹没,仅留下城堡千年的耳朵,聆听桑干河水的低唱。可是桑干河已经没有了水,这座曾经桑干河流域的明珠,也被岁月磨砺成了一颗化石。

少云的天空下,落日前的光线愈发迷人。从开阳堡前归来的牧羊人,给我们看他怀中有今天刚刚诞生的小羊羔,湿漉漉的卷毛上还染着鲜血。即使一个衰老而逝去的城堡中,也会有新生,一如在风中,那些至今隐约可闻的传说。所有湮灭的,都会在每一个记住它的人心中,涅槃重生。

邢家庄的山坡上,
无人小庙无语向黄昏。

开阳堡的巷子里,
还住着坚守的人家。

永泰古城的门洞,
日日吞吐着来去的羊群。

路边邂逅的牧羊人,
在斜阳中就是一幅油画。

为了等太阳落到那棵树上,
我在开阳堡前站了许久。

大叔怀里
抱着傍晚刚刚出生的小羊羔。

北方乏雪的冬天,
只有无尽的苍凉。

快要离开的日暮,
天空出现了一片美丽的乌云。

幸好,西古堡修缮之后,
戏台上还是真正唱起了戏。

第三章

边陲

雪域云踪

我不知道为什么人们要不断地去西藏,那里一定有某种蛊惑,比不同更加迥异,即使等我终于站在拉萨街头,这个问题依旧没有答案。

是因为高原所以离天堂更近一点,因为贫瘠所以信仰更虔诚一点?还是因为难以到达所以在你的梦里更神秘一点?我有一本 1967 年版的《中国地图册》,抚摩喜马拉雅山脉那些细密等高线与浅蓝色的河流,就仿佛在抚摩一个满布皱纹的额头。这个毗邻世界之顶的额头,猜不透你究竟为了何事而颦,是为了一个王朝的湮灭、一座宫殿的寂寞,甚至一个吟者的离开。不管是为了什么,如今镂刻在额头上的心事,早已风化为一些古老的符号而难以卒读。

古人好事,爱把眉头喻山头,单一句"山与歌眉敛"就道尽千般秀色、万种风情。只是这眉多是佳人之眉,这山也必为丘陵之属,这句子只能在江南的画船里唱了,若是拿到眼前雪山峡谷,鞍前马上又如何出得了口。所以雪域啊,你必然是一个母亲的额头,宽广、谦逊、缄默,经历了多少风雨之后,毫无意外地白了发顶。从然乌经通麦、鲁朗、林芝,一路看尽你眉峰起伏,在某个夏日清晨,当你想起一些离开或不曾离开的孩子们时,一种难遣的悲欢便会攀上额头。

于是我见到了你的泪珠,纳木错,不过是苍老面庞上的一滴泪而已。面对它,语言是无力的,可究竟被什么往事感动而噙着这么颗大而清澈的泪珠?我想无论在湖边坐上多久,也许都无法听见了。可是同伴还是坐在湖边久久地凝视着水面,久到我几乎怀疑他要准备走下去,久到他大概也忘了为什么要坐在此地。只因你有着海一般莫测的蓝吧,见了让人莫名想听见一阵涛声，就好像望着秋日的天空想听见一阵大雁的扑翅声，看见孤独的眸子想听见一声叹息那般自然。一定有些别的东西，一些燃烧在你心里一直不曾熄灭的东西，直到夜雨倾盆而下。

回到拉萨，回到人间。这里天色总是要九点以后才亮，繁星会逐渐淡去，取而代之的是八角街上缓缓流转起来的人群，在香烟弥漫中汇成人间最宏大的旋涡。脚步总是赶不上转经筒的速度，额头也没有石头坚硬，但是显然有一些我们无法理解的力量，哪怕一路披着风尘与疲惫，到了这里，似乎都能抖落坚硬的外壳，让心里一些柔软的地方安放进温暖的怀抱。

在这座城里，至今还流传着关于一个孩子的隐约传说。他便是仓央嘉措，一个浪子。一半魔鬼，一半天使，每一个匍匐过的人，双手举过头顶的，都是苦难与信仰，唯有他却是自由与爱。"住进布达拉宫，我是雪域最大的王。流浪在拉萨街头，我是世间最美的情郎。"

多年以后，我来到贺兰山麓的南寺，这座由阿旺多尔济建造的寺庙，安放着六世达赖喇嘛的灵塔。在寺庙的后山，遇见两只白色牦牛，当我踩着碎石泥土，想从山坡上迂回靠近时，它们只是一转身，便轻巧地向山谷深处去了，仿佛那里有湮灭在历史缝隙里的秘密。

所以你只是回到了母亲的呼唤中去了吧，雪域的云不会告诉我踪迹，能做的只有向上苍证明这世间，你确实来过。

︿
林芝大概是每个田园梦里
不可或缺的背景。

﹀
在大山的衬托下,
村落显得如此渺小。

鲁朗的清晨
雾气从森林中升起

没有看到雪山的高原之旅,
不能算圆满。

纳木错湖边的牦牛,
没有人合影的时候才最惬意。

朝拜者的肌肤,
比不上高原阳光的温度。

回到拉萨,
布达拉宫是雪域最明亮的光。

关外风光

关是山海关，出了关，家山就遥远。但是更遥远的还有关外广袤的东北大地，那里有无尽的草原、连绵的群山和梦境般的雪国。

盛夏的呼伦贝尔，云彩松软得像一个梦。梦里有你的眼泪，是阵雨和雨后马蹄踏过溅起的水珠。所有想说的话都被风声偷走了，它要去告诉草，告诉树，告诉一朵一朵开着的花。沿着中俄边防线，左岸是异国，右岸是故乡，额尔古纳河静默着，没有跌宕起伏的人生，只有曲折蜿蜒的往事。突然想写一首诗，却几乎词穷，以为只要坚持就会有美丽的字句，但风从来不朝一个方向吹，谁也不知道无穷的绿草，从哪一株开始变黄。

蒙兀室韦的骏马们，曾经驰骋过的岁月，用比夕阳落下更快的速度，隐没在历史的阴影里。他们往西边去了，在蒙古与金的包围中，草原陷入混乱与战火中。当时，呼伦贝尔各部落受"灭丁"之难，牧人们渴望和平与安定，需要一个强大的力量来带领草原走向统一，如果没有，就要创造出这样的人物来。于是便有了成吉思汗，是当时蒙古草原的时势造就了成吉思汗，也是成吉思汗成就了伟大的草原帝国。

晚秋的五女山城，在凌晨时分依稀只能看到一个轮廓，它的沉默是我们即将征服的高度。爬山的意义，有时候不仅仅是山在哪里，而更奢求一些山以外的东西。譬如星辰，譬如日出与云海。桓龙湖水蒸腾而成的雾气，从无边无际的远方奔涌而来，又流逝向无边无际的远方。这是海，浩渺的云海，朝阳就在这片海中诞生，太阳之下的云彩在焚燃，天与海间有无数乐声回荡，顷刻间又全都化为太阳的独白。

"霜重险峰紫，叶落满坡红；松抱一线月，云绕五女城。"云山之间，还有城池，呈不规则楔形的山城遗址，依山就势散布，除南面是险峻的陡坡外，其他三面皆为悬崖峭壁。昔日高句丽的开国王城，建州女真的驻扎地，也只剩满山秋叶、云海日出还记得当年的峥嵘。一个文明的起点，一个王朝最初的脚印，却如一件褪色锦袍被放之山野，渐渐失去了往日的好颜色。只有当用手抚摸时，还能触及它饱经沧桑的岁月质感。

深冬的长白山脚下，有迷雾缭绕的奶子河源头。每个晴朗的早晨，枯枝、怪石、雾凇、冰雪与晨曦，都会痴缠在如世界尽头的冷酷仙境中。覆着薄冰的河没有完全冻住，还留着一小片水面，如魔镜一般倒映着人间欲望。如果再深入山谷腹地，一个叫松岭的小村还在等你。日出之前的山村是雪霁图的残卷，雪山、疏林、小屋、曲径，只是计白当黑的一角，就能依稀窥见元人的笔意。这个村落是最普通的闯关东后裔，无意中造就的美，却有不再普通的静默。

在清朝开始封禁长白山之前，大山从未岑寂过。先秦的肃慎、汉魏的挹娄、隋唐的靺鞨、宋元的女真、明清的满族皆出于长白山的"肃慎族系"。被神仙所眷顾的长白山有着左右历史的力量，十二世纪，在天池火山爆发与宫廷政治斗争的协力下，完颜部建立的金国迅速由盛转衰。经过了四百年的间歇休整，借助火山再度喷发的影响，已统一建州女真的努尔哈赤，加快了收服海西与东海女真的步伐。长白山的神灵再次成就了爱新觉罗家族的荣耀。

这就是迷人的关外。两个字，说出口就仿佛会化成风，化成石，化成冰和雪，但是对于这片土地上的人来说，再无垠、再坚硬、再寒冷的也不过就是家乡而已。

桓龙湖水蒸腾,
让每一个晴天都有云海可观。

天空的红,云雾的红,
都来自朝阳之红。

长白山脚下,
有一个媲美魔界的地方。

无风而晴朗,
是雾凇形成的有利条件。

第一缕炊烟升起之前,
我已经爬上了高高的山岗。

雪国的村落,
呈现一种异域的画意。

这趟通往乡愁的列车,
下一站是不是老家?

西域秋色

秋天适合去一些辽远而苍凉的地方。时光与大地都经过沉淀，褪尽锋芒后，反而有迟暮的迷人光彩，短暂却摄魂夺魄的灿烂，总会在之后无尽的时光里成为长久的慰藉。

边塞的秋是一杯醇酒，一口能饮尽汉月唐风。走进锁阳城已是薄暮，月亮从塔儿寺背后升起的时候，夕阳还挂在红柳滩上迟迟没落下。玄奘大师曾经讲经一个月之久的地方，现下安静得能听见哪怕一只小动物走过的声响。佛法也不能抗拒时间，轮回只是一种期许。如果这是一座死去的城，那么它迟早要化为泥土，融入大地。一砖片瓦，残垣断壁，埋葬在地下的兵器，都会以另一种形态重生，只有记得的往事，不能重来，也不能忘却。

一路向西，直到一座方城横亘在面前。夕阳，与似乎比夕阳更古老的城，就这样与我相对，像是一种隐喻。毕竟那是玉门关，再形销骨立也是玉门关。颓败的孤城犹如时间残骸，拖着长而厚重的阴影，同月光一起苍老。玉门之外就是塞外，在天狼星照耀下，战火、驼铃、佛陀、丝绸……交织出的神秘天地，你有多向往，此时就有多踌躇。今夜只宜浅醉，那么多气势雄浑的边塞诗，一首也不记得，却有一句挥之不去——"秋风吹不尽，总是玉关情。"玉门关前的初霜落下，握紧了以为是长安月，摊开手却只有塞外风。

西域的秋是一杯美酒，琥珀色的葡萄美酒，只有金色才配盛放。阿勒泰因阿尔泰山而得名，意即为"金子"。高山与草原，有这个季节最绚丽的姿势，傍晚的时候，四周的群山大约也站累了，纷纷转身让出道来，于是山谷和原野不疾不徐地展开，马儿、羊群、木屋和所有被拉长的背影都被镀上温柔的光。日暮的美和早晨又是不同，好像无论走多远都要回家一样，太阳落山的时候，它所照耀着的一切也都有一种归鞘的安定。

塞种、匈奴、鲜卑、柔然、突厥……都曾觊觎或拥有过它，当成吉思汗的铁骑绝尘西去之后，这片土地就一直沉静着，直到越来越多的脚步声把它惊醒。直到我走近的那一刻，最后的余光落在山最高处，翻过坡顶，遗世般的村庄终于袒露在山谷的怀抱里，灰蓝暮色轻轻落在车声、人声和牛马声交织的尘网上，那些不言不语的惊心动魄都已经在背后了。

大漠的秋是一杯烈酒。巴丹吉林沙漠，因偏执而荒凉，因荒凉而动人。好在美从不败退，无情风沙上面簇拥着的是金色生命。走进胡杨林深处，阳光消失，只剩下遮天蔽日的灿烂，一阵风拨动，叶子们相互碰撞，发出清脆的金声。临河的秋叶倒映在河水微澜中，天地水都被金色统治。一个人在如此壮阔的金黄之间，比沙粒还微渺，在胡杨面前，所有的颜色都失去了光泽，所有的梦想都无比苍白。

到了黑城才发现，胡杨林的喧嚣是另一个额济纳，古城的孤独才是真正的阿拉善。居延文明的余光，西夏往事的繁华，都抵不过蒙古铁蹄的践踏。古老的牧歌在那些耐盐耐碱的沙生植物里吟唱。当沙尘暴刮起时，我不知道沙粒和不可言状的喇嘛塔尖，谁将最先被风吹走。天地之间，唯余苍茫，只有胡杨的枯枝在不甘心地拷问着这神奇古老植物艰难的一生一世，死去只是一个开始。

"西"从来是一个迷人的方向，那里并不止于太阳落下，还有月光呢喃的声音与散落的星光，回荡在浩渺的秋天里。我要往西，有一种古老的情感，必将穿越一切，抵达你。

天亮之后,
月亮依旧挂在胡杨林的树梢。

骆驼与胡杨,
有相近的颜色。

幸亏管理员网开一面,
才有幸见到夕阳与月亮之下的塔儿寺。

玉门关三个字已经足够,
别的无须多说什么了。

阿勒泰的秋,
马蹄声时时会把草原惊醒。

徒步十一个小时后,
最美的余光留给最晚到达的人们。

彩云之南

彩云之南,一个适合用歌声唱出的地名,却是我除了故乡以外,居住过最长时间的地方。虽然大部分时间都在大理,却也有机缘去过几个边地,听见一些歌者在放声之余的喁喁私语。

有些地方只是在书本杂志上看到,我就知道自己终有一天会去,古墨村便如此。古,故也;墨,书也。一个用浓墨书写在故纸上的小村落,千年茶马古道从中穿过,情人河流经村落全境,牧人、田夫、老人、学童、络绎路过的行旅,走累了就在溪旁掬一捧水。马帮大哥们喝饱溪水,精神抖擞地吼起赶马调,悠扬而苍凉。若是有情窦初开的妹子接上,一路走一路唱和,不管能否走完漫漫旅途,总归少一些寂寞吧。

据客栈老板跟我讲,在以前盖房立木,都是靠着当地的石片一块一块地垒建起来的。不用一泥一水、一砖一瓦,不用任何黏合剂。风雨百年,伫立不倒。水和石头是古墨的魂,清溪带来免费的动能,岩石则凿造成坚硬的碾子。穿村而过的石板驿道联结了附近的村庄,碾压谷物的需求催生了庞大的石磨群。马帮驮着加工完的粮食,沿着驿道走向四面八方,古墨声名鹊起,在数百株古核桃树的注视下,石路、石墙、石瓦片、石碾、石磨、石村落……与石头有关的一切都成长为一个无法磨灭的传说。

有些地方耳闻已久,却不知道自己会一去再去。从大理进入腾冲境内,原本大好的阳光便开始躲进云层,路边的山林却开始润泽茂密起来。到了和顺,大片阴云低沉地压着这个边陲小镇,等雨真正倾盆而下时,天地被雨声哗然笼罩。而这个古镇的前尘往事,无论是军屯边地的艰难,还是出走夷方的辛酸,都仿佛漫漶在一片烟水茫茫中。

西南边城的雨，来得快也去得快。青石路上的积水还没退却，傍晚的斜阳又在西天露了半边脸，陷河湿地的白鹭与鸭群们开始悠游而归，和顺游子有词云："家乡好，最好陷河头，绿柳丛中穿紫燕，红莲塘畔卧青牛，结伴泛孤舟。"沿着小河和池塘，每隔一段会有一个洗衣亭在水边矗立，可以洗衣、纳凉、避雨，也可以遥望远方，思念某一个人。据说这是走四方的和顺男人对家中女人最平易的馈赠。深蓝色的夜空还流连着最后一抹云霞，客栈的灯已经为每一个晚归的游人亮起，只有风雨后三角梅落红一地，仿佛是不能归家的侨乡人，散落天涯而终老异国。

有些地方只是偶尔听说，从未想过自己会身临其境，就好像我也不知道是怎么就坐到了曼旦寨子里的饭桌旁。是象脚鼓的节奏太迷人，还是傣族阿姐的热情太难却？宴席在寨子里一路摆开，只管坐下，背后却蓦地一阵凉意，三十多摄氏度的天气，一瓢水就好像一阵风，透彻心扉。承受过这一瓢水后，你就仿佛成了寨子里的自己人，吃饭、唱歌、跳舞，都不在话下。

误打误撞地遇见了属于这个寨子的泼水节。边境的雨林中，没有一个笑容是为了表演，河流高唱，连水神的脚步也不再端庄。随着人流汹涌而下，村子尽头的小河里，密如急雨的水珠已经散漫一片。换上盛装的阿哥阿妹们，笑着泼，哭着泼，唱着泼，舞着泼，蛮野地泼，痴迷地泼。一个敢于狂欢的民族，一定有着不会衰败的生命。

无论是茶马古道的小村和西南边陲的古镇，还是雨林深处的寨子，那些曾在此地蹚过的溪、遇过的雨、淋过的水，都将是汇入记忆之海中不灭的点滴涓流，纵然逝者如斯，也是源源不绝。

和顺的绿,
可以绿得很安静。

古墨的绿,
可以绿得很流畅。

湿地雨后,
鸭子们开始梳理羽毛。

哀牢山的猴子,
总喜欢来山下人家觅食。

具体与无限,红润和清雅。这里是南方。

最青春的瞬间,都停放在了河边。

第四章

小园

花木丛中

　　走在园林中，我爱拍盛开的鲜花，爱拍含苞的蓓蕾，甚至是对凋谢的落红也情有独钟。至于那些不开花的草木，我会拍下它们苍翠的沉默。

　　最早开的是水仙与春梅。几场春雨后，玉兰、迎春就次第绽放，粉白嫩紫、浅绿鹅黄。早春是淡远的幽人，不疾不徐地给园林上色，蘸一抹东风画一笔，从清浅到浓艳，已然安排妥当。清明过后，木香爬了满架，有人坐在花架下面说着悄悄话，不敢走近，只能用长焦远远拍，偏又风来逗弄，柔枝最末的一朵白花款款颤摆，努力了好几次都拍糊了。春风十里，此时才觉得略有恼人之处。

　　梅雨前后，园子里只要是晴天就开始温热起来。榴花、木槿、凌霄、紫薇次第绽放，当然还有荷，却并非是暑天唯一的主角。可我更喜欢在雨中，雨水乱了针脚，淡紫轻红泅成一杯浅醉。黄昏时，雨势渐收，游人散却，就是园林最美的时刻。草木吸足了水分，绿得仿佛能听见生长的声音。猫从湖石的藤蔓中探出头来，与我对视片刻又倏忽不见了踪影。

　　待秋来，最值得期待的不再是草木的颜色，而是香气。盆栽的菊花展览照例非我所爱，即使囿于一个小园，也有在花盆之外更需要倾注感官的空间。不善饮的人们不妨去桂花树下喝一盏茶，秋霜太薄，穿过平仄的字句似乎就可以拂去，风偷偷咬了口月亮，味道是甜的，还带着木樨香气。

　　南方的冬天依旧饱满多汁。在枝头骗过多少次凝视，想起采撷的时候，早就风干了所有心事。很多次霜冻之后，往往轻若无物，却又一触即碎。

好在园林里的色彩依旧，蜡梅的黄花，南天竺的红果，都是岁晚也不肯退去的坚持，只需要一杯冬酿、一个火炉、一场该下而未下的雪，一年的岁月就几乎圆满了。

《"造园"词义的阐述》中曾对"园"的词语做过引证："种果为园"；"园，所以种树木也"。中国的古典园林，就是从一开始种植花草树木而逐步发展起来的。园林中对花木的欣赏除了视觉之外，还有听觉、嗅觉等多方面，立体感受自然与四季的微妙变幻，或是借其间接抒发某种意趣。拙政园的"留听阁"取李义山"留得残荷听雨声"之意境。留园的"闻木樨香"便是以金秋赏桂闻香而得名。

古人对植物具有深厚的感情，甚至看作是民族、江山的象征。《论语》中记载："哀公问社于宰我，宰我对曰：'夏后氏以松，殷人以柏，周人以栗。'"即松、柏、栗成为夏、殷、周三氏族的社稷之木和精神象征。古人更把植物性格拟人化，将某些特性进行比德赏颂，如荀子有云"岁不寒无以知松柏，事不难无以知君子"，周敦颐曰"莲，花之君子者也"，白居易诗记"竹本固，固以树德……竹性直，直以立身……竹心空，空以体道……竹节贞，贞以立志"，王冕咏梅"不要人夸好颜色，只留清气满乾坤"等。这些被反复吟诵传赞的花木，若能时时流连其中，大约也是一种精神滋养。

人们寄情花木，花木有灵，亦会回馈人们一个藏于自然中的小小园林。于是流转的四时，便隐约闪耀在那些枝叶上、花草间。或许只要一个回头，就是一整片山河岁月。

石榴寓意多子多福,
被视为吉祥的花木。

玉兰开时,千花竞放,雪海云涛,
但花好不过十日便零落不堪。

盛开在缸里的睡莲,
与在池塘中同样洁白。

碧桃的颜色最是冶艳,
一棵就占断春光。

︿
无论水中泥中,
落红总是无情,
多情的只是吟诵它们的诗人。

﹀
熙攘的园子里,
看到这颗绣球,
四下顿时就安静了。

新柳的绿,有毛茸茸让人心痒的鲜嫩。

一树,一石,一鸟,就是一片天地。

< 古人诗词中的梅,其实大多都是指蜡梅。

∧ 月上柳梢头,谁来相约小园黄昏后。

画檐深处

江南园林中的建筑,与山石相关,与水相关,而与天空相关的部分,大概只有屋檐与檐瓦了。立于大地,置身山水之间的人们,偶尔也需要仰望天空。

随意走进哪个园子,只消登上稍高处远眺,有的是片片乌瓦,厅堂、楼阁、轩榭、亭廊。从屋脊高处,顺势而下,俯仰相承,像是这个园子最美好浓密的黑发,檐瓦下的粉墙是她素颜的颊。日子久了,瓦上萌出的花草,就像簪在鬓发间的春天。春去秋来,瓦上有过霜雪,积过尘土,纳过雨水,长过青苔,光阴越来越厚重,瓦也越来越黑。大约渗透了南方的烟水气,黑瓦并不显得坚硬生涩,反而透出饱满多汁的亮黑色,仿佛挤一下就会有无数个故事滴落,那是瓦下的寻常生活,赏花、看月、听雨。

最爱看檐瓦前的花叶,无论是热烈地怒放,还是孤独地垂荡,都因为有别致深沉的背景而显得格外意趣盎然。作为古典建筑具有代表性的符号,檐瓦便成了园林的最佳构景陪衬。檐上可以双燕呢喃,檐旁可以倚梅傍柳,檐上可以挂月牵云。只是所有的热闹都是别人的,它只有沉默。唯一不再沉默的时候,就是雨来。雨落在檐瓦上的样子极美,胆大的会在瓦上跳起,多情的会慢慢滋润进瓦缝里,像一个个的谜语,在时光中等人来解。

除了普通屋檐之外,檐角是园林建筑中极具张力的表现部分,构筑别致,翼角轻盈,形成了园林中最迷人的曲折。《诗·小雅·斯干》有云:"如鸟斯革，如翚斯飞。"《朱熹集传》："其栋宇竣起，如鸟之警而革也，其檐阿华采而轩翔，如之飞而矫其翼也，盖其堂之美如此。"檐角，又指建筑的飞檐翘角，起源于它的实用功能，应居住的要求，既要采光通风，还能遮雨，又不增加房屋的压力。更难得的是它的灵动曲线，与园中的静谧正好互补。

牵动我们目光的还是它们诗意般的姿态——是一双小心翼翼探向天空的手，也是一弯因为仰视而优美的颈项，使静态的建筑物瞬间有了蓬勃的飞跃感。江南园林都属于私人园林，是文人墨客自己心中的那片桃花源，进可出仕，退可隐居。他们或许是怀才不遇，或许是志得意满，那高高翘起的屋檐，仿佛就是他们心比天高的气志，是想要冲破天地，直指云霄的意向。但是它们又是含蓄的，这份低调的内敛，终究还要回归性灵的栖息地，也是每一颗不羁的灵魂最终的安身之处。

宋词中有不少关于"檐"的词句。不管是"檐外几声风玉，丁东敲断人肠"的凄凉，"看栏曲萦红，檐牙飞翠"的浪漫，还是"只恐四檐声未断，洗褪幽香"的惆怅。一隅檐角幻出了古人心中的小宇宙，把檐内有限的空间，延伸到无限的仰角天地中去，雨晴风云尽收眼底。或许小小的园林，正是因为这些檐角，能与云谲波诡的沧桑变化，有了相承相争的力量。

"回头却望晴檐下,等几番、小摘微薰。"檐在每一次仰视和回首中，静默地立于时间长河中，它站立的姿态那么轻盈，以至于像是要飞翔。

春花之外,
深秋红叶也是园林中不可或缺的点缀。

银杏黄了的时候,
总要去一次天平山。

屋檐之上除了花木,
偶尔也会有其他惊喜。

园林中的曲线有静态的屋檐,
也有动态的游鱼。

˅
低下头,
却看到了与天空有关的景物。

˄
只有登上假山,
才能拍到楝花开在檐前的样子。

五月初夏,即使在雨中,
榴花依旧照眼明。

傍晚的池塘，
映照出这个园子最安静的时刻。

庭院几重

《辞源》中解释道:"庭者,堂阶前也;院者,古人赋予其周垣也。"简单来说,所谓庭院,是指建筑与围墙或廊庑相围所形成的一块空间。老子说过:"有之以为利,无之以为用。"那么这块围墙之内建筑之外空空荡荡的"无",又起怎样一个"用"呢?

一开始也许是退而求其次的选择。在不能远行的日子里,温柔壮阔的河山只在梦里延绵,醒来时总有失落,去逛逛庭院也好。从一石一池、一花一木,聊以慰藉对高山流水的思念。古人再穷,哪怕用篱笆围一圈,种几株花木,都要有自己的小院。一道墙把一个家庭围起来以后,形成了家庭的伦理秩序,中国人的院子里面是个独立的天地。从古至今,国人的院落居住情结,从来没有改变过。

从庭院扩展为园林,或者说园林其实可以拆解为多个庭院。江南的园林,无一例外显露的是"中和内敛,不事张扬"的处世哲学。就是这样一个低调的妙人,也许不是梦中情人,时间待久了,越发觉得她的好处,难以言传,却再也不舍。进,有山水之情;退,有安居之乐。进退之间,正因为有了庭院,才成为一个可以休养生息的精神家园,历尽风尘后,让奔波不安的灵魂得到诗意的栖居。

园林并不是真正的自然。"虽由人作,宛自天开",庭院中的自然更加抽象,或者可以称之心态自然。闲庭信步时,不会遇见意外的惊喜,但总能浮现会心的微笑。也许是一声画眉婉转,一场雨打芭蕉,或者只是一时风过的水光云影。但无论是什么，它都不是给你大快朵颐的英雄地，而是一个需要细嚼慢品的温柔乡。这种心态有时超越了对自然的直观感受，而达到了山水般"有无相生"的极致。竹篱下一只秋虫的鸣叫，让你感受到了凉爽，可也许并不是真的暑气消退，只是心静自然凉而已。

欧阳修写"庭院深深深几许"，世人方知其郁郁不得志的哀怨之苦。李清照以"萧条庭院，又斜风细雨，重门须闭"纾解无法捎寄的"万千心事"。东坡先生吟着"深深庭院清明过，桃李初红破"慰藉独自行走中的百般思量……散布于唐诗宋词中的零零落落的"庭院"，承载了多少诗人词家的脚步与凝视，或者还有叹息和喃喃自语。在他们最钟爱的空间里，时间被吟咏成不再流逝的诗篇。中国文人的笔下，言情有院，明志有院，思乡有院，哀国有院，胸中有丘壑，自当有院子来承载，中国人的庭院，是情的寄所，也是志的归处。

传统庭院意境是通过追求美的生活而达到的。一方面是艺术化的生活，另一方面在生活中感受艺术——对弈、品茗、丝竹、诗画，庭院不再仅仅是建筑空间，也不再仅仅是四时物候的意象，而是成了人与自然交融的场所。庭院总是有界线的，但这有限空间所包含的意味是无穷的，也就是以有限的空间体验无限的生命宽度。

庄子说："独与天地精神往来。"或许中国人就有这样的本领，只需要一方庭院，便能与生命、宇宙对话，抵达"逍遥于天地之间而心意自得"的境界。

雨天的怡园,唯有素白的花,
怒放得灼人眼目。

初夏的寄畅园,满目绿意,
和煦而不热烈。

透过廊檐去看花影憧憧,
仿佛一个梦。

夏深时,石碑上的文字,
也被染了浓绿。

︿
黑白灰绿,
是园林的基础色调。

﹀
曲径不只是通幽,
更通往含蓄的东方美学。

‹
方寸之地，
亦要有丘壑。

∧
风乍起，
吹皱了一池春水。

墙内墙外,
一样春色无边。

人散后,
寂寞空庭春欲晚。

小窗幽记

我的书桌前有一扇窗，虽然窗外仍旧是很多个窗，但我偶然也会做梦，梦见一扇能看见山水的窗。

再也无法知道第一个在墙上开窗的人是为了什么。为目送爱人离去的背影，或是只为在白天能节省一些不便宜的灯油；为闻到大地苏醒的芬芳，抑或只为在冬天取暖时不再饱受浓烟的摧残。但这都不重要了，重要的是他为我们开了窗。

是的，如果在只有门的房子里是生存，那么自从有了窗，房子里便有了生活。

若是物体也有性别，那门无疑是阳性的。或是进，或是出；或是欢迎，或是拒绝。它的职责重要而明确，以至于必须整天肃然而立。而窗就阴柔多了，也因为各种修饰词而丰富多变：东窗事必定没有西窗烛更有趣，绿窗女大多没有茜窗人活得滋润，铁窗生涯也绝对没有纱窗谈笑来得诱人。尽管她不像门一样是一间房子的必要条件，却有着门所无法替代的意义——你可以把眼睛比作心灵的窗户，却少有人比作心灵的大门。

最近去了不少园子，也看了不少窗，六方、八方、圆光、葫芦、扇面、莲花、如意、贝叶……窗本身是景，更重要的是它会造景。在园林中，窗就是眼，它让你看见，也让你不见。有窗，虽然你与风景之间发生了"隔"，但无论是漏窗还是洞窗，总会或多或少地由于"通"而把窗外之物透露些许。"通"与"隔"是相对的，正因为有了"隔"，才有了"藏"，有了"虚"；正因为有了"通"，才有了"漏"，有了"实"；也正因为有了窗的这些功能，我们才能以"见"视"不见"，以"漏"见"藏"。

除了观望之外，窗是可以用来推的，用来阖的，用来凭的，用来临的，用来倚的，甚至用来窥的，当然也可以用来进出。只不过到了要从窗进出的时候，这事儿就有些特别了。最近一次跳窗还是在曾赵园，正专心拍照时有电话来，竟然是常熟110，原来这个园子五点就准时关门了，偌大的地方也没人广播通知一下，门口停车场的大叔下班时看到还剩我一辆车就报了警。走到门口时果然大门紧闭，打了门上联系电话也没人应答，四下找了一圈，只有门房的窗子能开，遂跳窗而出。总之，本来这一个静默的名词，加上了诸多动词之后，在那么多情人的眉头心头，在文人骚客的辞中句末，哪怕是在我偶尔笨拙的跳跃间，窗似乎也立马鲜活起来，穿越无数故事而优哉游哉。

拍了那么多窗，印象最深的一次还是在苏州网师园。隔着厅堂，我把镜头对准一扇窗，窗外有盛开的凌霄花。还没来得及按快门，花前却出现了游客，是一对情侣，并不年轻，从侧脸看也谈不上漂亮，两人依偎在一起拿手机自拍了许久。起初为了等人离开而有些焦躁，可是看了他们专注的样子，也忍不住按了一张。他们是哪里人，怎么会相识，又为什么要来苏州，或许是平淡无奇的，也或者有别人无法揣测的曲折。可是那扇窗，那些花和那双人，在这一刻却凝固在我眼前，久久不去。

这一扇窗前，有过多少的孤影或者璧人，它已经不记得了吧，此情此景也是司空见惯。在那些岁月的漫漫长夜里，窗承载了太多的悲欢，却是以一种虚无的方式，有即是无，无即是有。也许正是这种墙上的无，才能幻化出万千世事的有吧。

刘熙释名曰："窗，聪也。"聪明的你可否告诉我，明月装饰了我的窗子，我又装饰了谁的梦？

你在看窗外的花，
谁又在看窗内的你？

一帘清风,
一窗青绿。

︿
秋窗赏枫,
浓烈似血。

﹀
夏窗观竹,
清雅如诗。

︿
冬窗闻梅,
芬芳如歌。

︿
春窗窥兰,
娇艳似你。

一树老梅,一扇花窗,
就是一个园林梦。

没有月亮的时候,
至少还有灯。